D0452729

Sawl Cwsg

I bawb sy'n paratoi ar gyfer y Nadolig.
Nadolig Llawen! Cariad, Jane xx — J C

Cyhoeddwyd gyntaf yn 2016
gan Little Tiger Press, 1 The Coda Centre,
189 Munster Road, Llundain SW6 6AW
dan y teitl *Is it Christmas Yet?*

Cyhoeddwyd gyntaf yng Nghymru yn 2016
gan Wasg Gomer, Llandysul, Ceredigion SA44 4JL
www.gomer.co.uk

ISBN 978 1 78562 129 1

Dymuna'r cyhoeddwyr gydnabod cymorth ariannol Cyngor Llyfrau Cymru.

Argraffwyd yn China.

LTP/1400/1492/0516

tan 'Dolig?

Jane Chapman

Addasiad

Sioned Lleinau

Gomer

'RHED, RWDOLFF, RHED!'

gwaeddodd Ted wrth ruthro o gwmpas y lle

gyda'i deganau, yn gwisgo'i het Santa.

'Bydd yn ofalus, Santa!' gwenodd Arth Fawr.

'Mae dy geirw di'n wyllt!'

'Mae'r Nadolig yn dod! Hwrê!'

canodd Ted.

Roedd e'n **METHU AROS**.

'Arth Fawr!'

'Ie?'

'Sawl cwsg tan 'Dolig?'

'Dim llawer.'

'Arth Fawr!'

'Ie?'

'Ydy hi'n Nadolig eto?'

'Mewn dim o dro . . .'

'Arth Fawr!'

BETH?'

'Ydy hi'n **DdIM O dro**

NAWR?'

'**NA**,' chwyrnodd Arth Fawr.

'Mae'n rhaid i ni lapio'r

anrhegion, coginio'r gacen,

cael coeden . . .'

'Fe alla i helpu!' gwenodd

Ted. 'Rwy'n lapiwr

anrhegion gwych!'

oooooowwWWwpft!

Roedd lapio anrhegion yn hwyl . . .
ac yn her!

'Ydy hi'n Nadolig nawr?'
sibrydodd pentwr o bapur a rhuban
anniben.

'Bron,' ochneidiodd Arth Fawr,
'ond mae'n rhaid i ni baratoi'r
gacen . . .'

MÊL

'Un, dau, tri, cymysgu wnawn ni!' meddai Ted yn gyffro i gyd.

Piip! PLOP! Wwwwsh! SPLOSH!

I mewn i'r ffwrn â'r

gacen.

'Ydy hi'n barod eto?'

'DDIM ETO!' wfftiodd Arth Fawr.

'A dyw hi ddim yn Nadolig eto chwaith.'

'**PRYD** fydd hi'n Nadolig 'te?'
cwynodd Ted.
'**CYN HIR**!' ebychodd Arth Fawr.
'Rhaid cael coeden Nadolig . . .'

'Rwy'n **DWLU** ar goed Nadolig!'

gwenodd Ted. 'Dere glou!'

Roedd y goedwig yn
ddisglair gan eira wrth i'r
ddau ffrind chwilio am
goeden Nadolig. Doedd Ted
ddim yn hawdd ei blesio.

'RHY DAL...'

'RHY BIGOG...'

'RHY DWT ...'

'O, mae hon yn **BERFFAITH**!'

'Wir . . . ?' meddyliodd Arth Fawr.

Dyma Arth Fawr a Ted yn **TYNNU** …

ac yn **TUCHAN** …

ac yn **CHWERTHIN**…

ac yn **CHWYSU**…

yr holl ffordd adref.

Ond roedd y goeden yn rhy fawr
i fynd drwy'r drws ffrynt . . .

a'r drws cefn . . .

Ac wrth iddyn nhw drio'i thynnu

hi drwy'r ffenest . . .

SNAP!

'DWI DDIM YN CREDU HYN!'

cwynodd Arth Fawr.

Disgynnodd Ted yn bentwr ar y llawr.

'O NAAAAAAAAAAA!'

gwichiodd.

Cododd Arth Fawr ei ffrind bach yn ei freichiau a rhoi cwtsh mawr iddo. 'Paid â phoeni,' sibrydodd yn dyner, 'allwn ni'n dau gael trefn ar y goeden drwy helpu'n gilydd.'

'HWRÊ!' gwichiodd Ted.

Felly, dyma nhw'n clymu'r goeden at ei gilydd cyn ei haddurno drosti i gyd â pheli lliwgar, tinsel a sêr. Am hwyl!

'A'r seren fwyaf ar y brigyn uchaf!' meddai Arth Fawr a'i lygaid yn dawnsio.

Rhwbiodd Ted ei lygaid. 'Ydy . . . hi . . . bron . . ?'

CHCHCHCHCHCHCH!'

'Ydy, Ted,' sibrydodd
Arth Fawr a'i gario i'r
gwely. 'Mae hi bron
iawn, iawn yn . . .'